U0144379

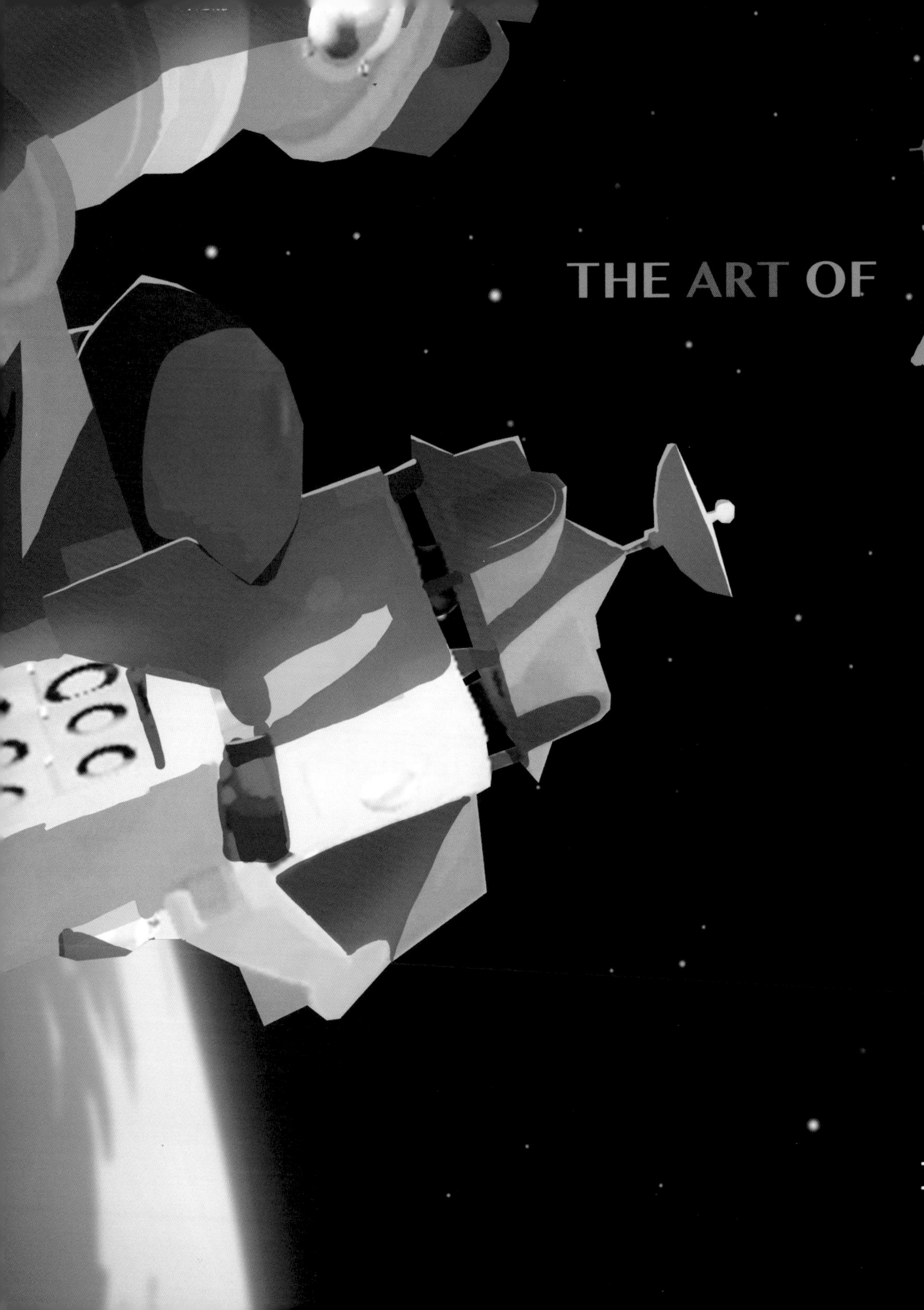

THE ART OF 七點半的太空人 FIRST LAUNCH

大貓 BIGCAT STUDIO

七點半的太空人美術設定集
The art of First Launch

文字 王尉修
封面設計 王尉修
封底圖像 陳冠霖
排版 王尉修
出版者 大貓工作室有限公司
地址 台北市中山區長安東路二段 118-2 號 3 樓
電話 02 2508 3191
電郵 info@bigcatstudio.co
網址 www.bigcatstudio.co
ISBN 978-986-91051-0-1

初版一刷 中華民國 103 年 9 月

Printed in Taiwan

目　錄

序 6

推薦序 7

前言 8

小剪刀的世界 10

外面的世界 28

來去幼稚園 44

色彩腳本 56

分鏡腳本 58

海報 60

致謝 63

PREFACE

序

這是一本專屬於《七點半的太空人》的美術設定集，其實對於最初有這短片計劃的我們來說，這是非常難以想像的，「獨立製片加上獨立出版」就一支僅有三人的小團隊來說，無疑是巨大而漫長的挑戰，從創作最初的寫劇本、畫分鏡、角色設計到整個動畫製作的執行，我們一路闖過許多難關，也經歷過不知終點何在的疲乏，但幸好一直有許多朋友的支持與鼓勵，尤其是在「嘖嘖募資網站」上支持者們給予的資助，更是催生這本設定集的最大助力。

雖然《七點半的太空人》僅僅是一部 13 分鐘的短片，但我們為其繪製了上百張的美術設計圖及上千張的分鏡圖，不論是角色、場景、概念、故事，每一個環節都是細心琢磨的結果，經過將近兩年時間的累積，在動畫完成後，我們為其整理成冊，細說從頭，用這本美術設定集打造更加完整豐富的小剪刀異想世界，我們很喜歡這部短片所帶給我們的一切，希望你也會喜歡。

——王尉修

七點半的

太空人

WANG WeiXiu | marker | 2012

WANG WeiXiu | marker | 2013

FOREWORD

推薦序

日前接到大貓動畫工作室王尉修導演的邀請，為《七點半的太空人》設定集撰寫推薦序文，並得知他們過去一年多以來製作的動畫已進入後製階段，心裡不免為這個年輕動畫團隊即將取得的成果而感到高興。

工作室的主要的三位成員在動畫創作的領域各有所長，學生時期創作的作品也都曾獲得國內外動畫競賽和影展的肯定，這讓我對於他們的新作充滿期待。過去幾年，導演王尉修真誠直接卻又幽默的特質都曾直接反映在其過去的作品中，如大學時期的《沖馬桶》到研究所初期的《臭屁，電梯》。然而，在以輕鬆笑鬧為主的角色表演題材之外，其探討單親媽媽內心故事情節的碩士論文作品《月亮掉下來》，則展現出導演自我挑戰力求突破的一面。陳冠霖兼具感性和理性的特質，則同時在角色的創造和綁定上有突出的表現，這從其得獎作品《我的房間》裡面的日常生活用品轉換成怪獸的造型變化中可以深刻體會。而李卓寰在動畫的突出表現，則肩負了大部分的角色表演，尤其為本片主角「小剪刀」注入動人的生命力。

這三位志同道合的研究所夥伴在創作的過程中互相支持彼此鼓勵，把學生時期從視覺傳達和美術系累積的設計和繪畫基礎以及動畫創作經驗，完全反映在這部動畫短片，其幕後精彩的設計製作過程也將忠實地呈現在這本設定集裡。如果人生是由每次不同階段的累積所組成，那麼這個年輕的動畫團隊即將獻給你我的，就是他們在動畫人生中嶄新的一頁，讓我們拭目以待吧！

——張維忠寫於臺藝大 2014.09.02

WANG WeiXiu | pencil | 2013

INTRODUCTION

前言

若要說《七點半的太空人》故事從何而來，那就是從自身的回憶開始吧，當我們還是個孩子時，一定有許多覺得可怕的第一次，拔乳牙、上幼稚園或一個人睡覺，那時有好多好多對大人來說的芝麻小事，卻是小孩當時的人生大事，這就是《七點半的太空人》最初的出發點，我們希望能給觀眾新鮮的視覺刺激外，同時再摻點兒時回憶，讓它像個調皮的孩子，能有你熟悉的過去，又有你猜不到的新奇，於是創作劇本時我們不停聊著各自珍貴的回憶，交換彼此的童年，尋找交集與共鳴，才漸漸有了整個故事的雛形，而一部動畫除了故事外，最重要的就是美術風格，這也是人力精簡的製作團隊所能倚重的武器。

《七點半的太空人》是大貓工作室成立以來的第一部作品，也是我與冠霖、卓寰首次共組團隊的結晶，在這一年多的製作裡，我們無不抱著熱血而又謹慎，興奮而又忐忑的心情去面對，因為，難得能有這做原創動畫的機會就真的要好好緊握。回想起 2012 年，我還在當兵做夢，夢著自己哪天可以再次投入原創動畫的製作，哪怕只是一、兩分鐘的小短片，只要想到如果能像學生時代那樣無拘無束的創作，就好想再試一次，想著想著真的一時技癢難耐，就跑去問當時和我一樣還在服兵役的冠霖，問他有沒有興趣共組團隊一起做動畫，果然他也是另一個技癢難耐的人，很幸運地我們又找到第三個技癢的人——卓寰，雖然我們當時離現在的樣子還很遠很遠，但團隊確實就在那一刻成形，畢竟本以為畢了業就沒機會做原創的我們，因為有嘗試，所以才有了機會，雖然還不知道最終能走去哪，但至少先踏下了第一步，從零開始，從短片輔導金到群眾募資，我們冒然走上的險路，在此刻《七點半的太空人》完成之際，好似有了短暫而美麗的歇腳亭，現在就讓我用這本美術設定集，與您做個小小的回顧與分享。

WANG WeiXiu | marker | 2014

WANG WeiXiu | marker | 2014

CHEN KuanLin | pencil, digital | 2013

WANG WeiXiu | digital | 2013

THE WORLD OF LITTLE SCISSORS

小剪刀的世界

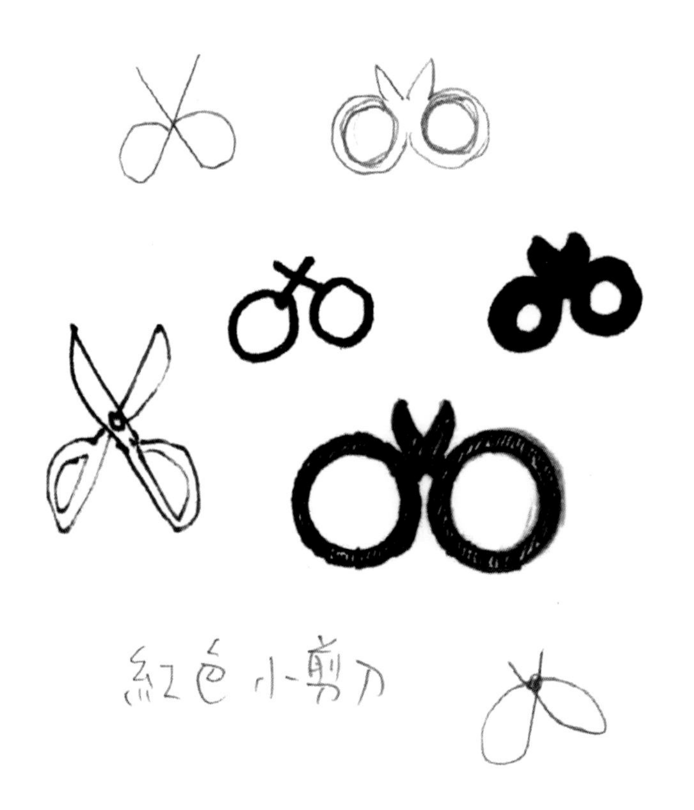

WANG WeiXiu | pencil, marker | 2013

這本設定集是依照主角小剪刀的「認知」來做章節的編排，首先要介紹的就是「小剪刀的世界」。小剪刀是一個獨生女，在故事發生的這一天只有她和爸爸兩人在家，一開始我們為了能減少角色的數量，並將故事聚焦於父女之間，所以大夥們想盡辦法就是要讓小剪刀變成單親家庭，而我們想到的不是離婚就是過世，做久了實在覺得這設定對於我們的小主角來說太狠心了，只好不在故事中說白，打算任由觀眾想像，就這樣放任不理直到影片完成之際，已婚的音效師才突然當頭棒喝：「小剪刀的媽媽出差就好了啊，因為只要我老婆出差，我和我女兒也是一團亂！」如此簡單又生活的答案，就此成為我們的官方設定了！

至於為什麼叫做小剪刀呢？其實左邊的這張 2013 年畫下的草圖就是答案！

LITTLE SCISSORS

小剪刀

CHEN KuanLin | digital, pencil | 2013

WANG WeiXiu | marker | 2012

WANG WeiXiu | pencil, marker | 2013

CHEN KuanLin | pencil | 2012

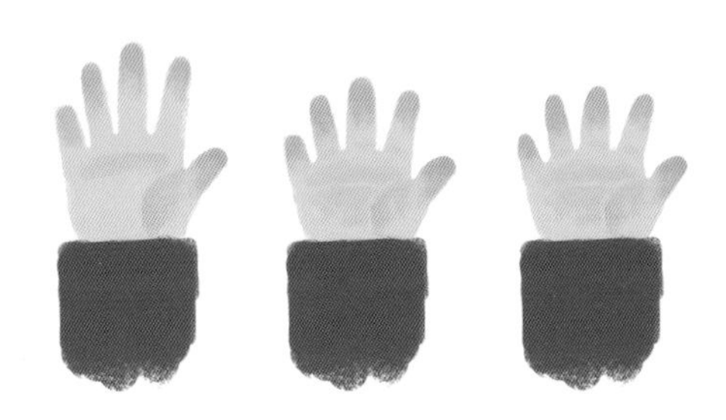

小剪刀是這部短片的主角，不論是故事上還是造型上，她可以說是我們想了最久最久的一個角色了，當然同時也是我們畫過最多草圖的角色，不過因為篇幅限制再加上有些現在看來過於「黑歷史」而不想曝光，所以我們選出了部分最有代表性的草圖，和一些最終確認的三視圖、表情設定圖以及武器設定等。

記得最初的時候，我們把小剪刀的眼睛畫得像貓，牙齒有點爆，鼻子還朝天，集結了一些主流上不算可愛的元素，當時我們很壞心，就是不想讓她有長大會是甜美女孩的潛力，還想用一堆不可愛的元素湊起來讓她可愛，實際上完成的樣子確實有點過頭，如果現在還長那樣的話可能會不受歡迎，但有趣的經驗就是，當我們從那「超過的設計」逐漸修正的過程中，特

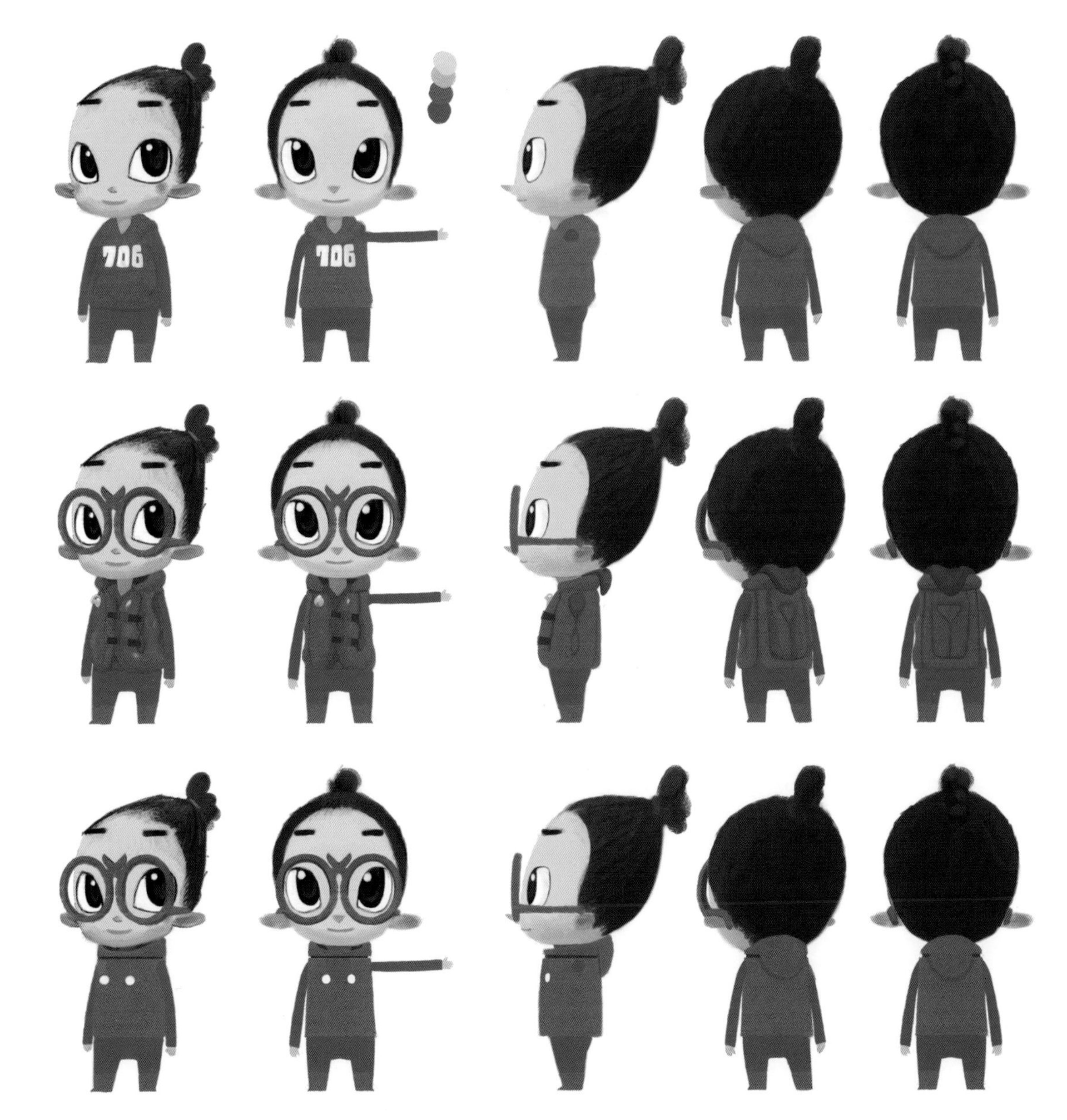

CHEN KuanLin | digital | 2013

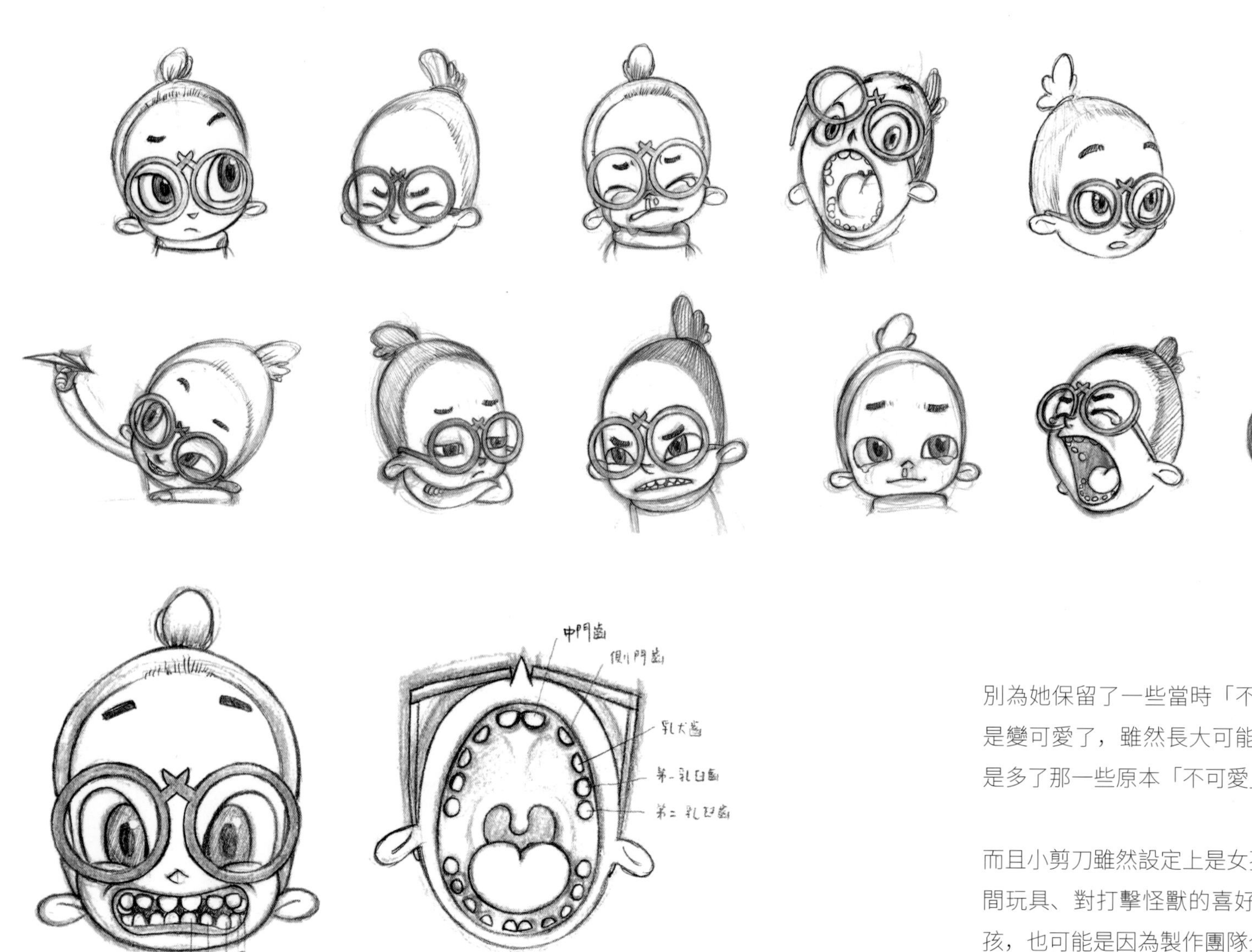

WANG WeiXiu | pencil | 2013

別為她保留了一些當時「不可愛」的神韻，最後雖然是變可愛了，雖然長大可能還會是美人，但神情中就是多了那一些原本「不可愛」的特色。

而且小剪刀雖然設定上是女孩 , 但從她的身手動作、房間玩具、對打擊怪獸的喜好看來，她更多時候像個男孩，也可能是因為製作團隊全都是男孩的關係吧 , 不過我們在她的表情上，尤其是眼睛特別想保留較多的女孩氣質。從內到外，從故事到造型，我們如此思考後，小剪刀就是這樣誕生的。

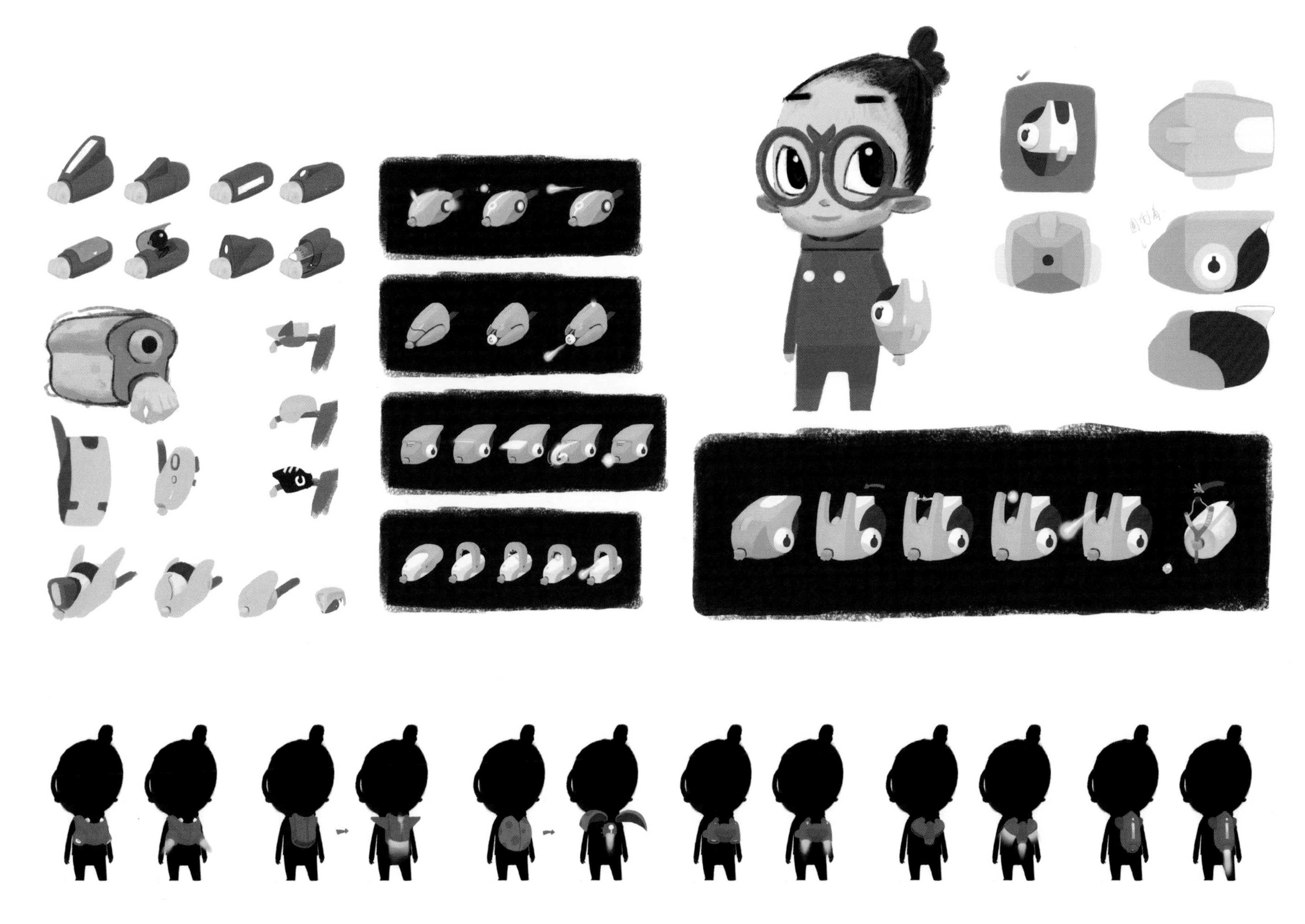

CHEN KuanLin | digital | 2013

STONE
史東

剛好和現實世界相反呢，我們是先生出女兒後，才生爸爸，也因為小剪刀造型先確定了，才讓爸爸的設計過程順利許多，冠霖一直很喜歡設計長長的東西，往往就算無心，也會自然冒出長長的造型，再加上我們很想讓父女有極大的對比，決定乾脆放手大膽，讓爸爸長到底，這樣的形象也相當符合故事賦予的個性，就是有點迷糊、人很好但又有點滑稽的形象，所以眼睛小到好像常常看不清楚，臉卻又長到跟小剪刀全身一樣高！

CHEN KuanLin | pencil | 2012

CHEN KuanLin | pencil | 2013

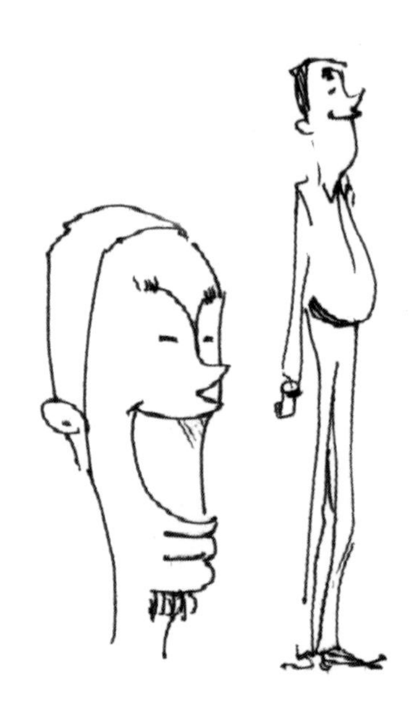

WANG WeiXiu | pen | 2013

WANG WeiXiu | pencil | 2013

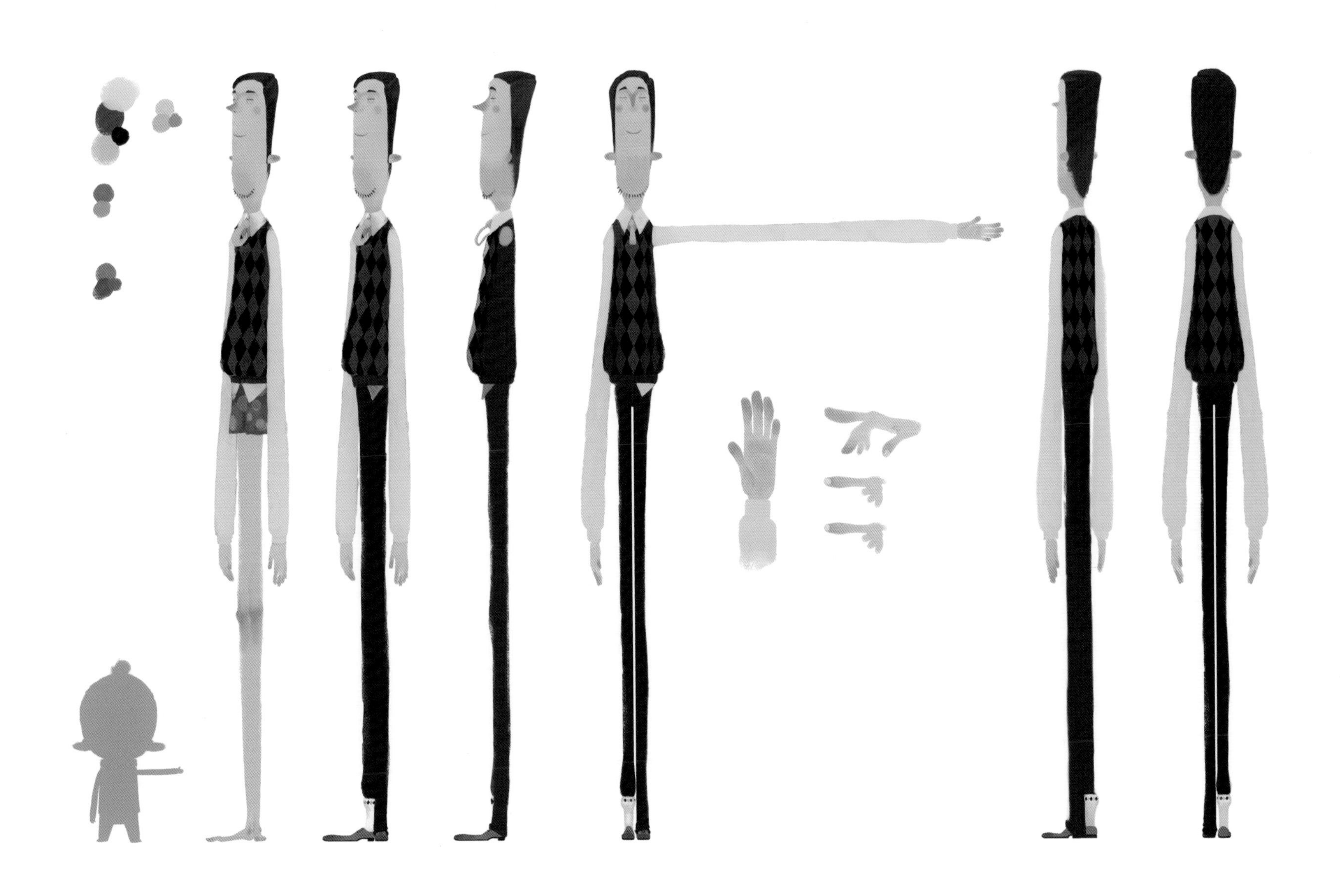

CHEN KuanLin | digital | 2013

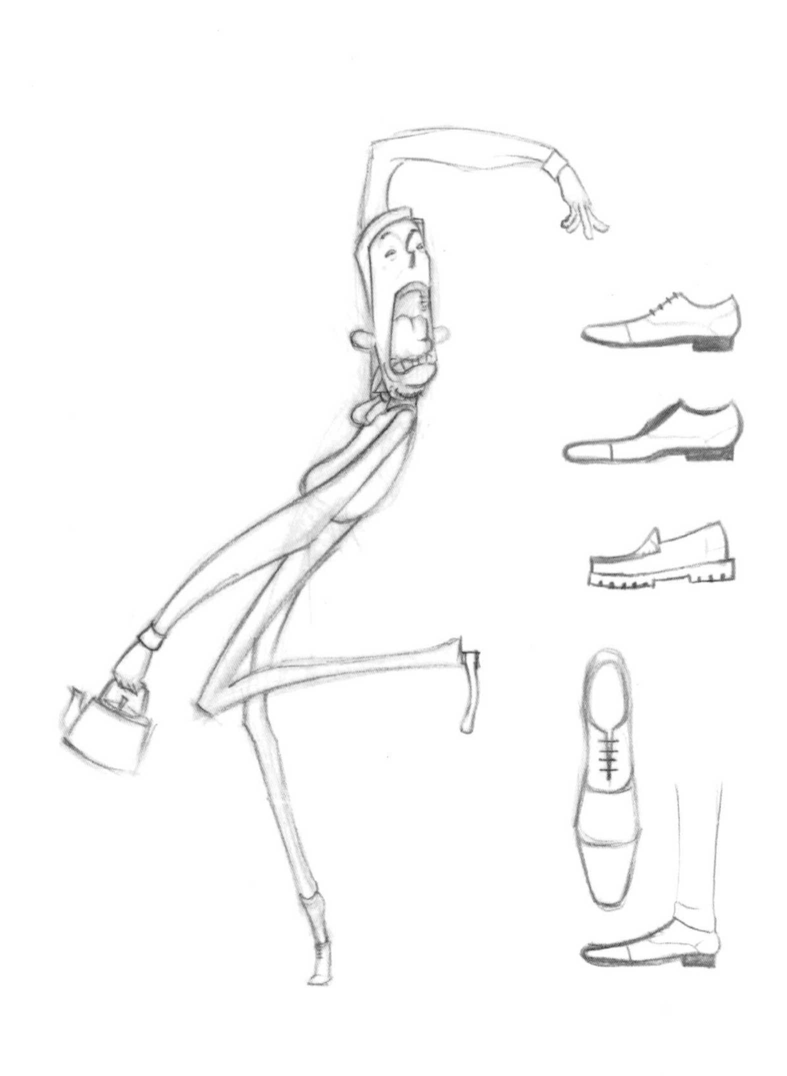

WANG WeiXiu | pencil | 2013

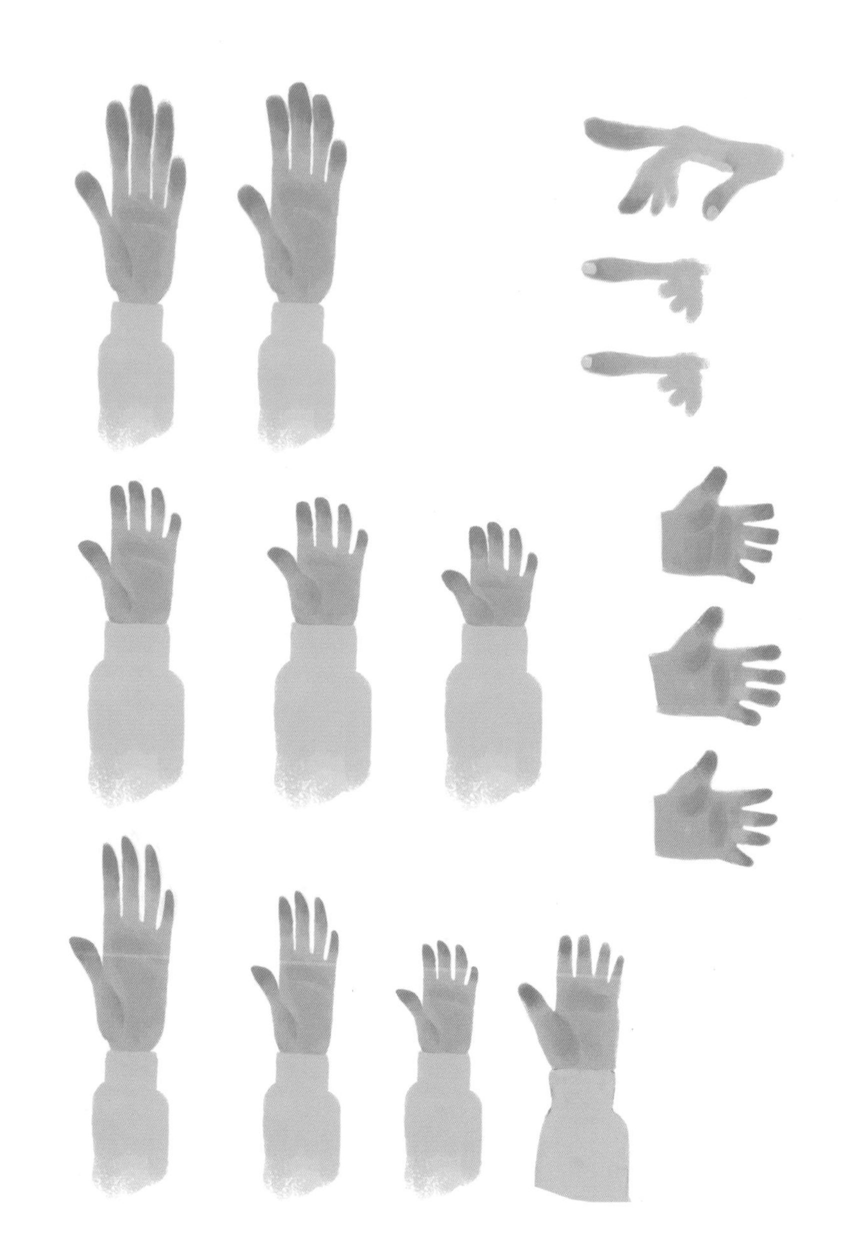

CHEN KuanLin | digital | 2013

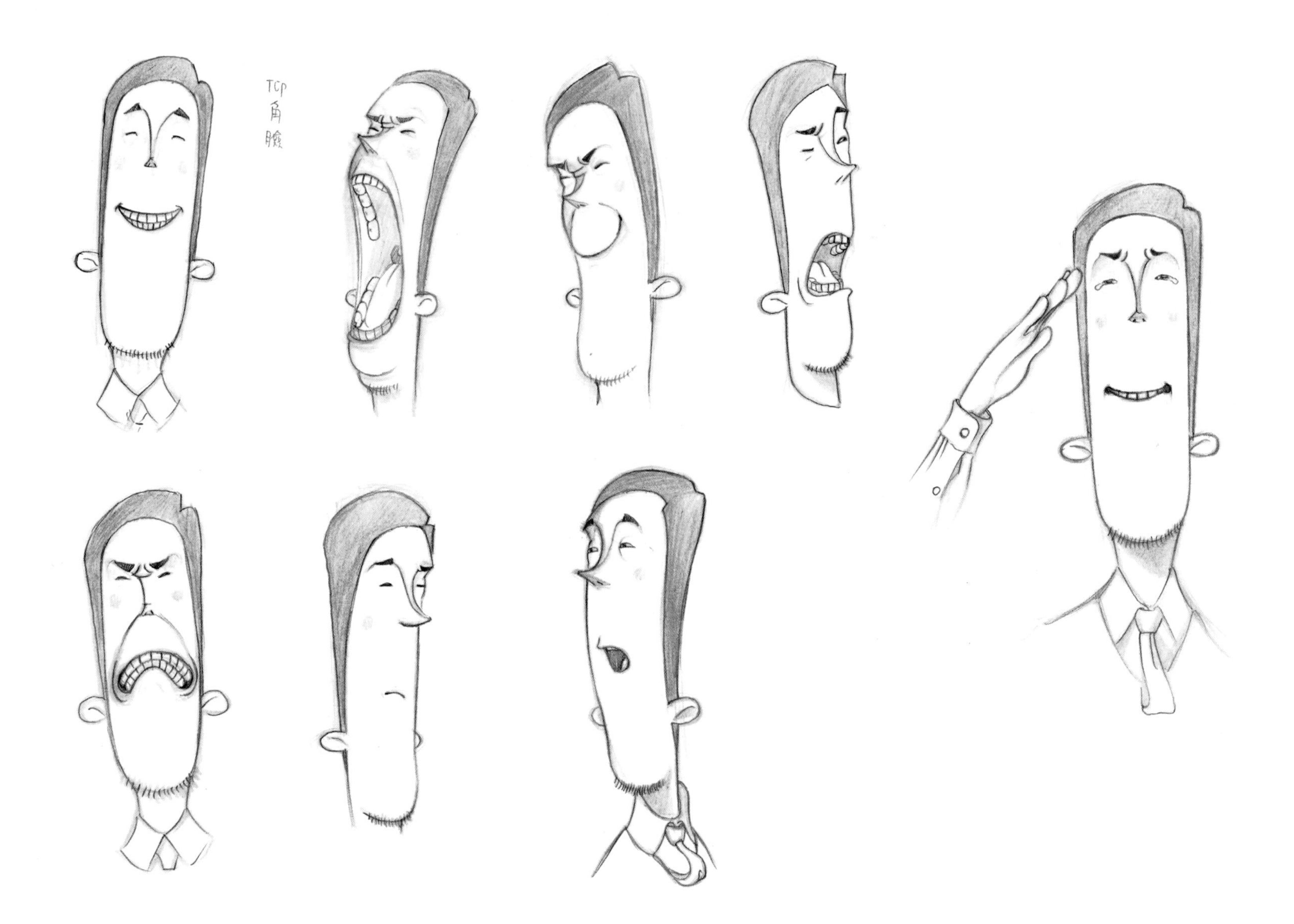

WANG WeiXiu | pencil | 2013

CHEN KuanLin | digital | 2013

HOME

家

小剪刀的房間是故事開場的第一個畫面，也是我們所設計的第一個場景，在這個房間中每一樣物品都是我們想傳達給觀眾的訊息，比如牆上的「太空女孩」海報、小剪刀媽媽的照片、天文望遠鏡以及各種與太空有關的玩具，這些都可以用來加強小剪刀的個性及背景，同時也要讓房間看起來像是爸爸替小剪刀精心打造的成果，所以我們設計了非常多有趣的小東西，我們甚至還偷藏了兩把星際大戰（Star Wars）的光劍！

CHEN KuanLin | pencil | 2013

台灣有許多老屋翻新的案例，其實小剪刀的家也是一例，因此屋內有許多新舊融合的傢俱，既然我們設定史東是一個藝術家，那就相信他可以把這個老房子整理得很有自己的風格，雖然一切都是虛構的，但我們相信就是會有這樣的房子存在。

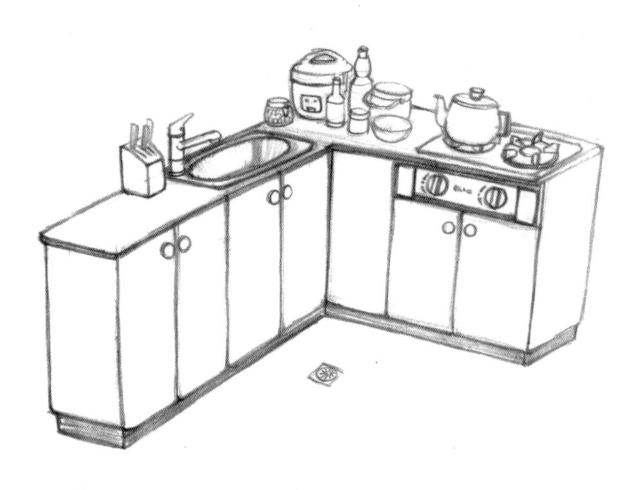

WANG WeiXiu | pencil | 2013

WANG WeiXiu | digital | 2013

CHEN KuanLin | digital | 2013

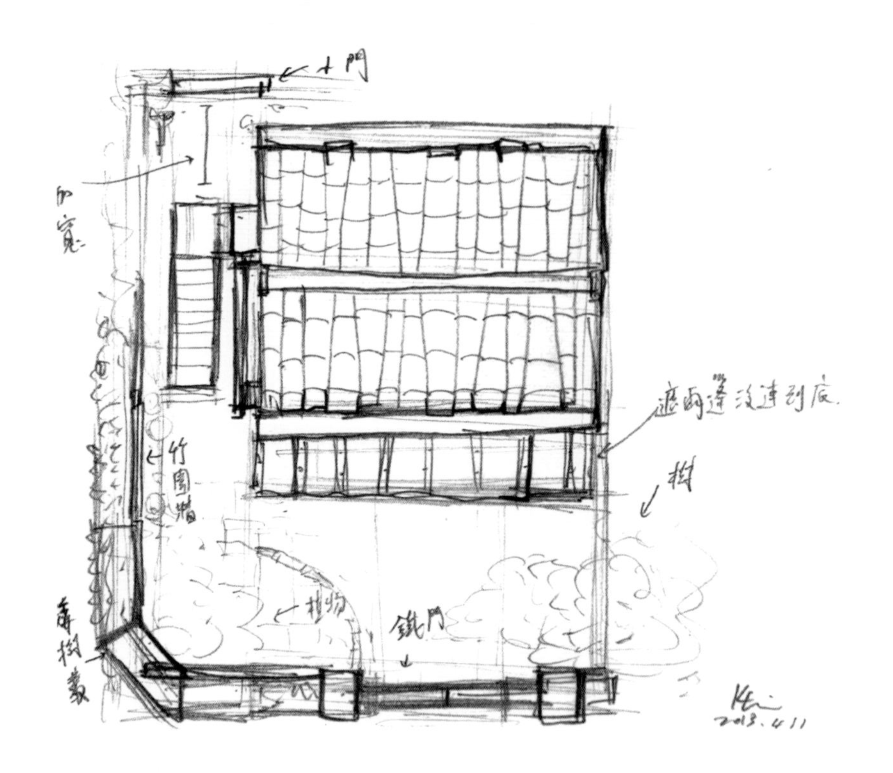

CHEN KuanLin | pencil | 2013

家的外觀是一棟二樓高的紅磚屋，有懷舊的紅鐵門和一個小院子，這裡是《七點半的太空人》第二個場景，當時場景設計和分鏡是同時進行的，所以不只要考慮美術方面，同時也要讓「小剪刀逃脫」這場戲的動線上合理，這點著實增加不少設計上的難題，但也因此讓小剪刀的逃脫方式更加有趣而意想不到，也讓家外的景觀更加豐富，爬出窗外能當地板的黃色的波浪板、可以當爬杆的排水管以及能滑行的曬衣架等等，等於一次克服兩個難關，就會有雙倍收獲！

小剪刀的家

後門

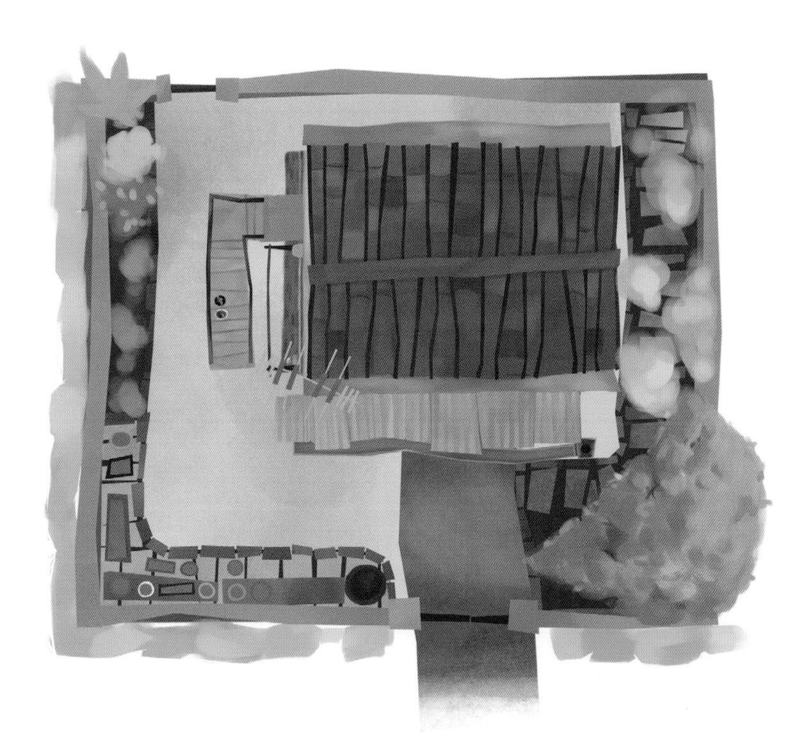

CHEN KuanLin | digital | 2013

SPACE GIRL

太空女孩

《七點半的太空人》中虛構的兒童繪本，作者是爸爸史東，在故事裡曾被改編成電影，也就是小剪刀房門上的海報，這是她最喜歡的卡通以及太空英雄夢想的起源，在初期的分鏡中「太空女孩」還有2D的卡通畫面，原本想藉由太空女孩的華麗出場象徵小剪刀的奇想，但後來我們改為由小剪刀自己變身，用更直接的方式呈現出太空女孩對於小剪刀的意義。

WANG WeiXiu | digital | 2012

CHEN KuanLin | digital | 2014

WANG WeiXiu | pen | 2012

WANG WeiXiu | digital | 2013

CHEN KuanLin | digital | 2013

THE OUTSIDE WORLD

外面的世界

WANG WeiXiu | pencil | 2013

對於怕生的小孩子來說，這世界就好像只分為「家裡」和「外面」，就如同「家人」對比「陌生人」，一旦陌生就似乎不可信任，如果這時候熟悉的家人還和陌生人「同一國」，那實在是最可怕的一件事！介紹完小剪刀的世界後，就一起來看看小剪刀家外的世界！

到了這一章，娃娃車司機、幼稚園老師、家外的一切，在小剪刀的眼中都有巨大的轉變，就連爸爸在立場改變後也變成了外星怪獸！這是《七點半的太空人》角色設計上的一大重點，因為我們確信當我們年紀還小的時候，一定有如此強大的想像力，我們希望能將這種感受視覺化，並且營造出一種虛實交錯的迷幻氛圍，讓這場冒險穿梭於現實與幻想之中，就一起來看看我們是如何構思這些角色的吧！

LEGGY DADDY

長腳腳

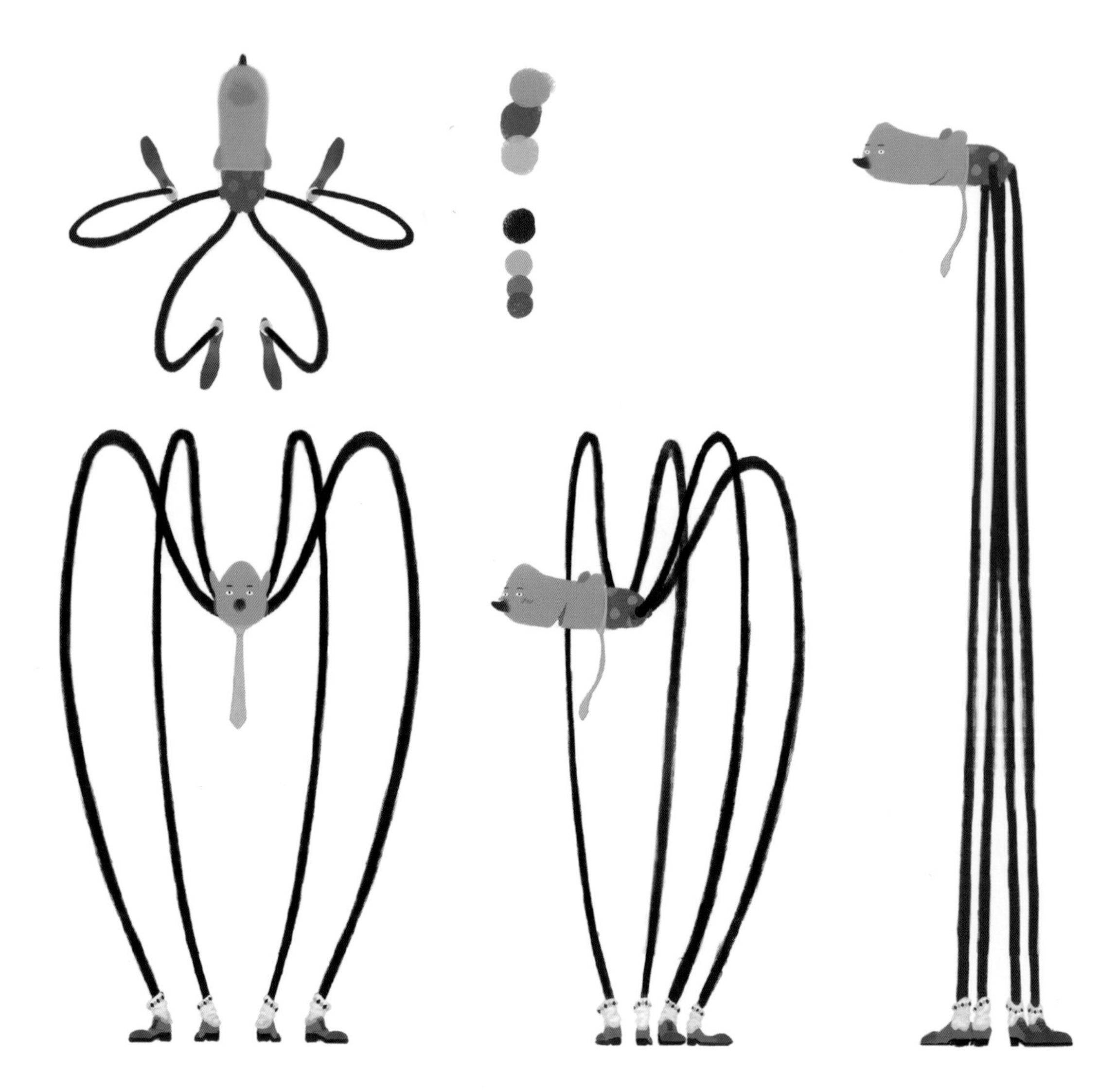

設計外星怪獸是一個困難、但有趣的過程，由於每隻外星怪獸都有其對應的人類形態，因此我們雖然可以天馬行空地創造各種生物，但同時另一方面我們必須要結合角色原本的特徵，讓觀眾足以聯想到這怪獸是從何而來，而像爸爸的特徵就是非常非常的「長」，加上他的個性、動作是常常會讓人感到手忙腳亂的，所以我們想到這樣的點子：一個沒有手，卻有四隻腳的蜘蛛，如此一來當他動起來就會更加地「腳忙腳亂」，再把他整個軀幹簡化成只有人形時頭部的大小，形狀就來自於橫放的爸爸頭，就這樣完成了爸爸的外星怪獸版——長腳腳星人，而且雖然他還是打著領帶，可是卻只穿著紅內褲，這是因為我們想到很多爸爸在家裡的時候都只穿四角褲！

CHEN KuanLin | digital | 2013

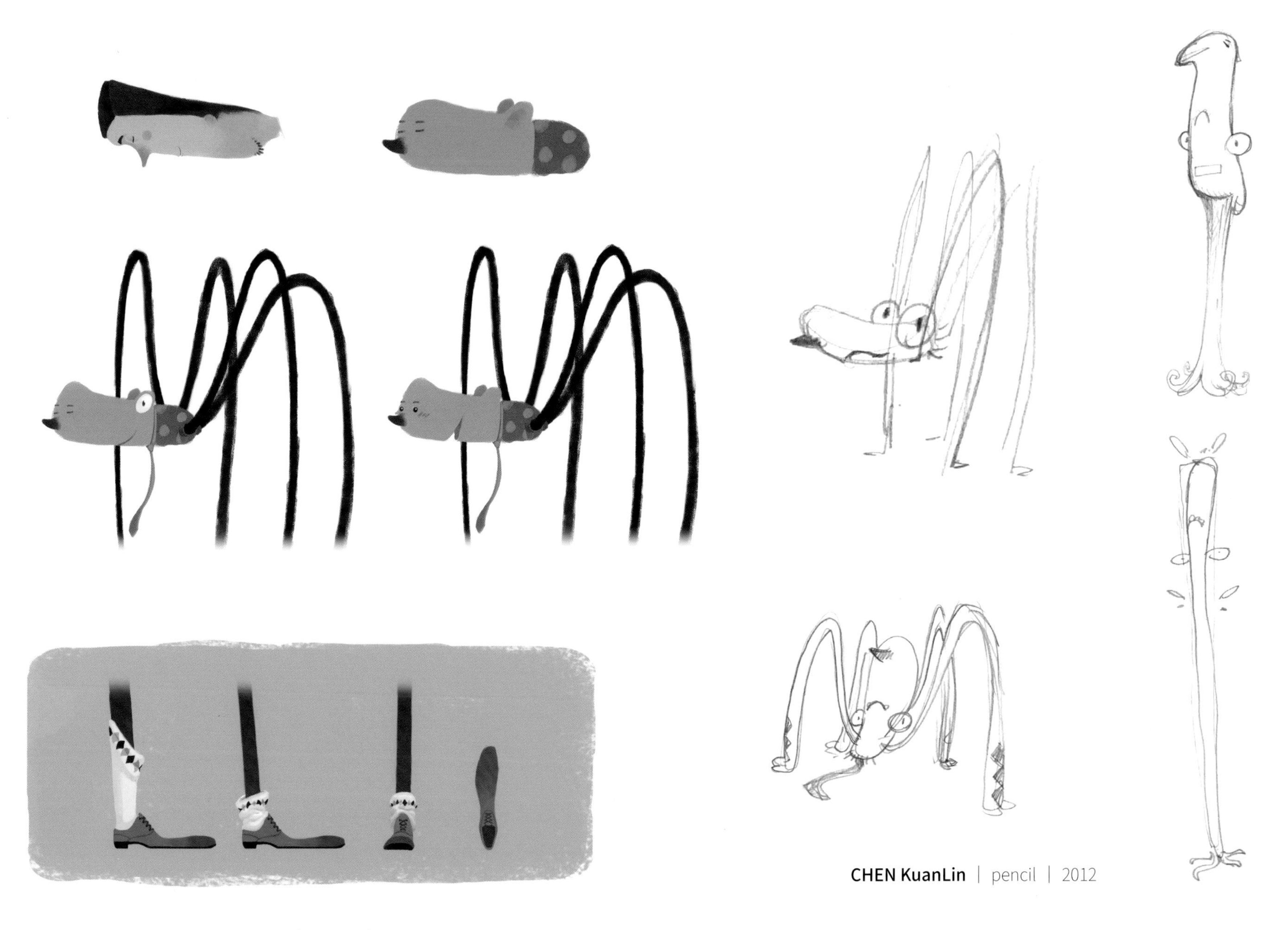

CHEN KuanLin | pencil | 2012

CHEN KuanLin | digital | 2013

JENGA

疊疊樂

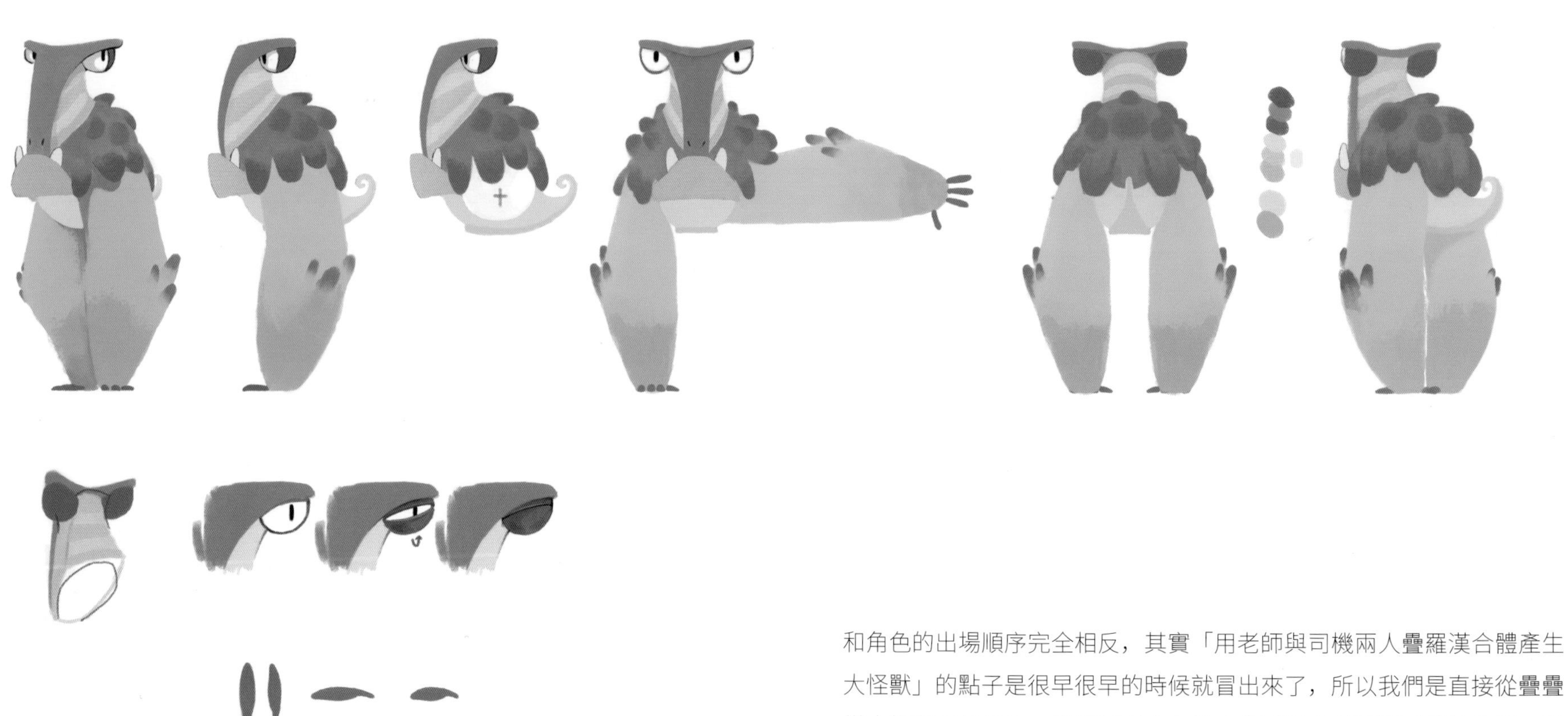

CHEN KuanLin | digital | 2013

和角色的出場順序完全相反，其實「用老師與司機兩人疊羅漢合體產生大怪獸」的點子是很早很早的時候就冒出來了，所以我們是直接從疊疊樂大怪獸開始設計，等到確定方向後才往回思考老師與司機的造型，而且我們一開始是把疊疊樂設定為最終頭目等級的角色，所以花了非常多時間在他身上，他的草圖量僅次於小剪刀而已！雖然後來他的戲份被砍了很多，但我們還是很喜歡這個角色的過程和結果，相信可以從這些草圖了解到，我們為何會覺得他如此有趣。

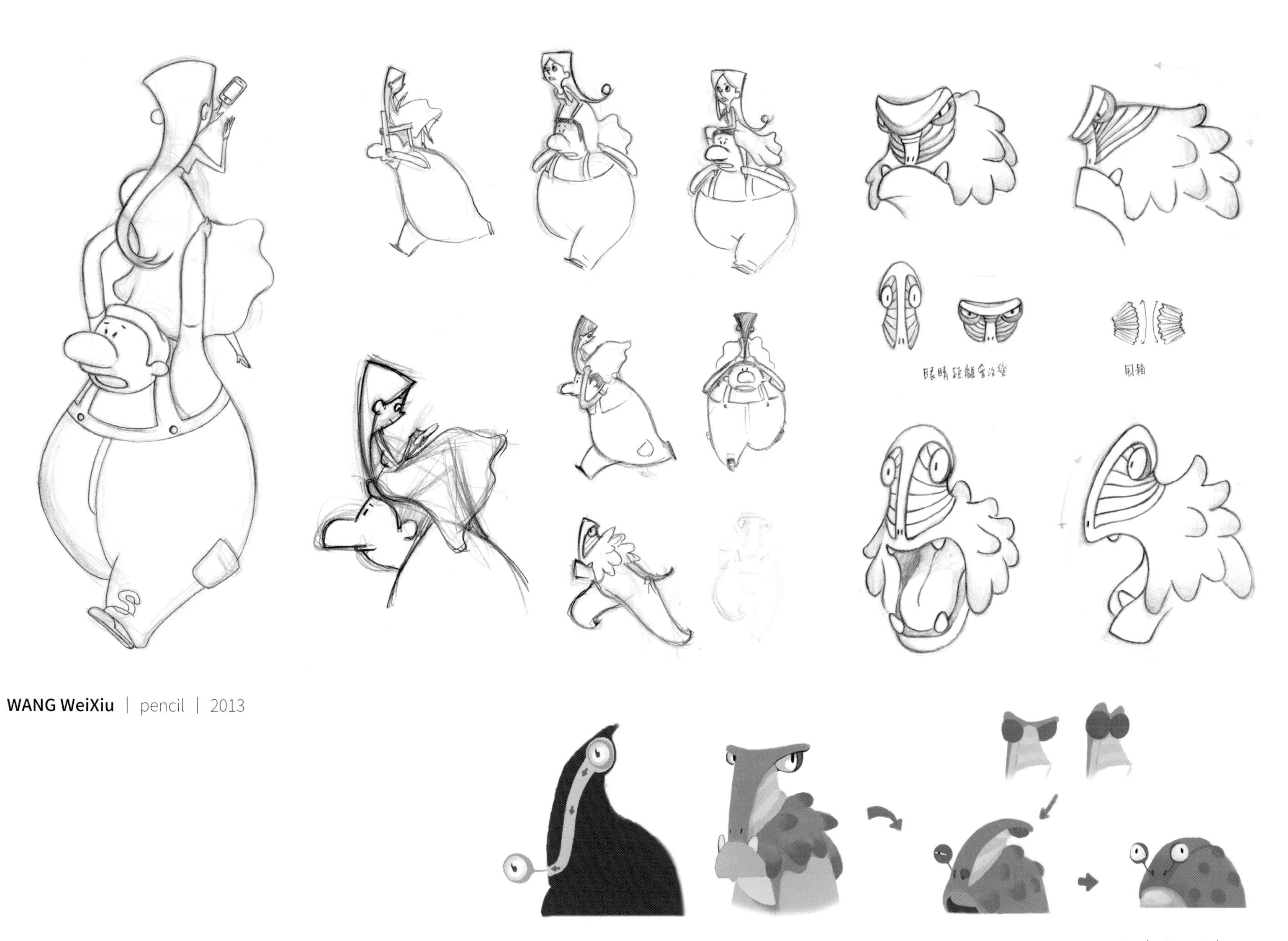

WANG WeiXiu | pencil | 2013

CHEN KuanLin | digital | 2013

WANG WeiXiu | marker | 2013

WANG WeiXiu | pencil | 2013

CHEN KuanLin | digital | 2012

WANG WeiXiu | marker, pencil | 2013

CHEN KuanLin | pencil | 2012

CHEN KuanLin | pencil | 2012

WANG WeiXiu | pencil | 2013

CHEN KuanLin | digital | 2013

TEACHER

老師

CHEN KuanLin | digital | 2013

WANG WeiXiu | pencil | 2013

SNAILY

大蝸蝸

CHEN KuanLin | digital | 2013

CHEN KuanLin | pencil | 2013

CHEN KuanLin | pencil | 2012

雖然我們設計好疊疊樂大怪獸的造型後，只要把頭部和身體拆開，就能夠當作老師和司機的外星狀態，但為了不要讓合體看起來只是上下疊起來而已，就增加了他們各自的變形功能，讓他們在合體前是完整獨立的個體，也更接近人形的狀態，以老師來說，我們是用那澎澎的長裙作為聯想的關鍵，並將身體取消只保留了大大的眼睛，最後就畫出了像蝸牛殼的造型，其實她就是一個圓形與半圓形構成的角色！喔！對了，老師還剪過頭髮，本來為了更貼近疊疊樂的眉骨，硬是讓老師有個三角頭，但後來覺得太奇怪了，就幫她剪成俏麗的短髮囉！。

DRIVER

司機

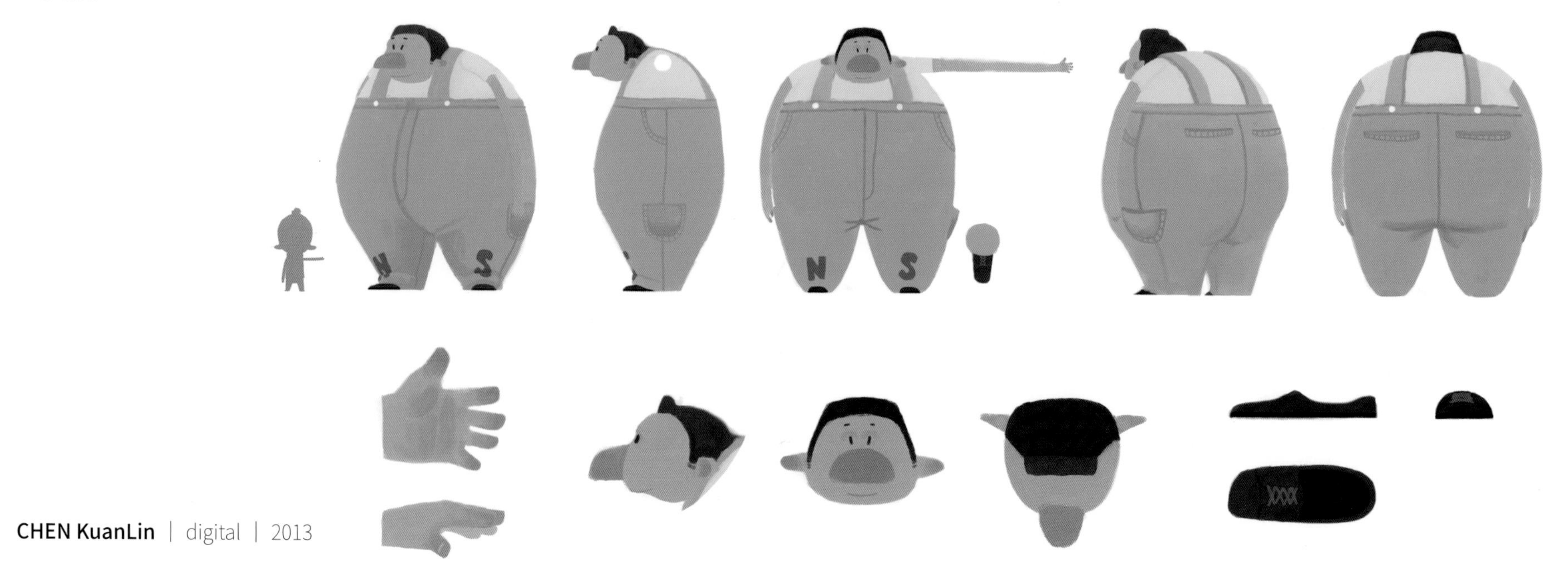

CHEN KuanLin | digital | 2013

WANG WeiXiu | pencil | 2013

CHEN KuanLin | pencil | 2013

CROCOCO

大腳鱷魚

CHEN KuanLin | digital | 2013

WANG WeiXiu | pencil | 2013

當老師趺坐在司機的頭頂時，我們想到這笨笨可愛的角色，可能會為了趕緊追上逃跑的小剪刀，著急之下就扶著頭上的老師趕緊往前衝，一冒出這奇怪的想法後，我們就從這個輪廓去思考疊疊樂的造型，接著又再將之對拆成上下兩個獨立的個體，於是產生了「手很細、腳很粗、頭髮像椅子」的胖子，回想起來這過程還真是有趣！

CHEN KuanLin | pencil | 2013

WANG WeiXiu | pencil | 2013

NEW VILLAGE

新村

在思考場景地點與風格的時候，團隊成員們一致希望能以自身熟悉的台灣為背景，但我們又不希望是過於現代的城市，一來是台灣現代城市的模樣有很多美中不足的地方，二來是城市裡人口過多、景觀很雜，在製作上會有許多麻煩，所以就開始想像故事如果發生在小鄉鎮的話會如何，就想到台灣南投有一個充滿特色的小地方——中興新村，那裡是個寧靜美麗的地方，曾經是台灣省政府所在地，雖然近年因為精省而沒落許多，但那仍有數萬顆樹與低矮的紅磚屋，以及隨處可見的公園和綠地，

CHEN KuanLin | digital | 2013

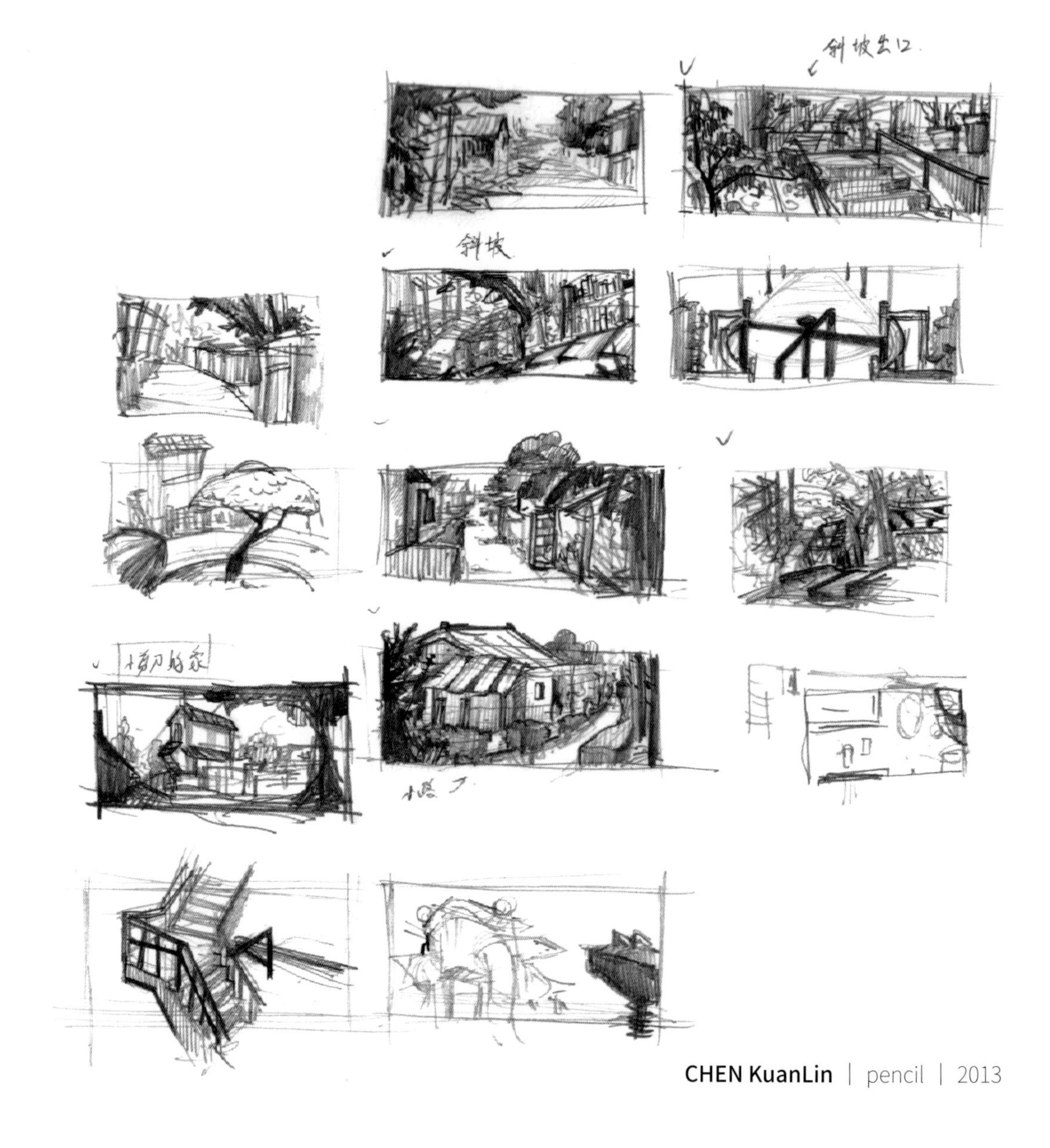

CHEN KuanLin | pencil | 2013

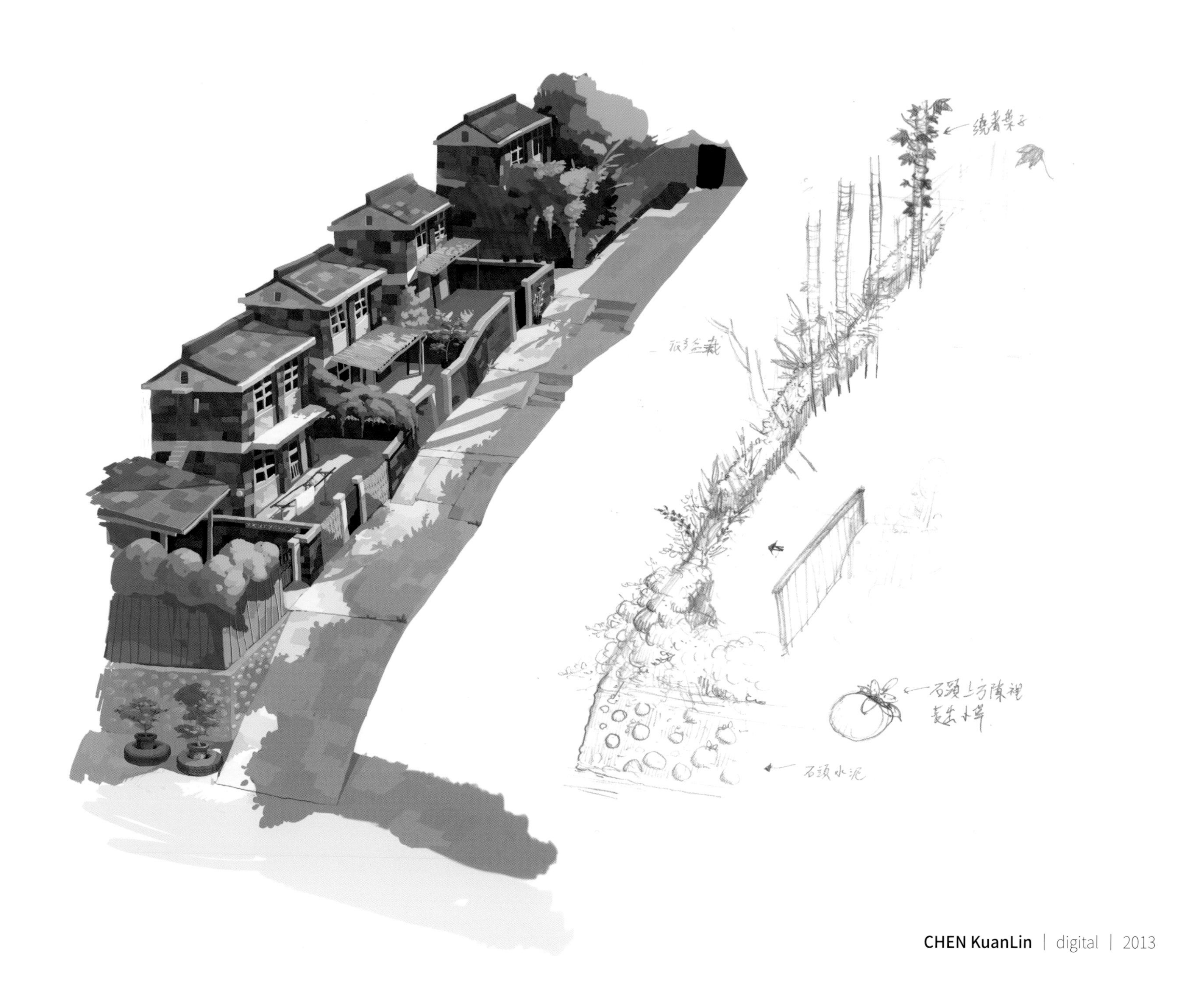

CHEN KuanLin | digital | 2013

CHEN KuanLin, LI ChoHuan, WANG WeiXiu | photo | 2013

CHEN KuanLin | digital | 2014

CHEN KuanLin | pencil | 2013

這樣一個仍保有美麗的沒落新市鎮，對我們來說是一個非常適合有外星人悄悄來訪的地方，在前製期間，我們團隊也有一起南下實地走訪過，當我們走在那翠綠的林蔭大道時，就立馬敲定以中興新村作為我們場景的原型了，當天也拍攝了許多照片、素材作為日後的參考。附帶一提，中興新村也是我服役的地方，所以除了上述的理由外，也有一些曾經在那生活的回憶，所以能將其轉換成動畫場景，對我個人來說也是一件很美麗的事。

WANG WeiXiu | digital | 2013

GO TO PRESCHOOL

來去幼稚園

WANG WeiXiu | pencil | 2014

相信每個人都有第一次上幼稚園或上小學的經驗，這也是我們在《七點半的太空人》中最想談的一件事，回想每一個成長的階段中，我們都曾面臨許多各式各樣的第一次，而那第一次也必然是當時同在的親人、朋友的共同經驗，小剪刀的第一次上學，爸爸史東第一次送孩子去上學，這些都是共同的經驗與感受，也會是親子共同成長的機會，雖然製作本片的團隊成員都還年輕，還不到送孩子上學的年紀，但我們不也都當過第一次去上學的孩子？我們試著用過去的經驗與孩子般的想像力，讓小剪刀的第一天充滿各種驚奇的冒險。

現在小剪刀的逃跑計劃已正式展開，看她駕著滑板車「蝸牛狗」逃脫家門，穿越林蔭大道直奔公園而去，爸爸、老師和司機都變成外星怪物緊追在後，這場追逐大戰直到公園金剛登場，小剪刀一發不可收拾的想像力就此變形升空……

SPACESHIP

娃娃太空船

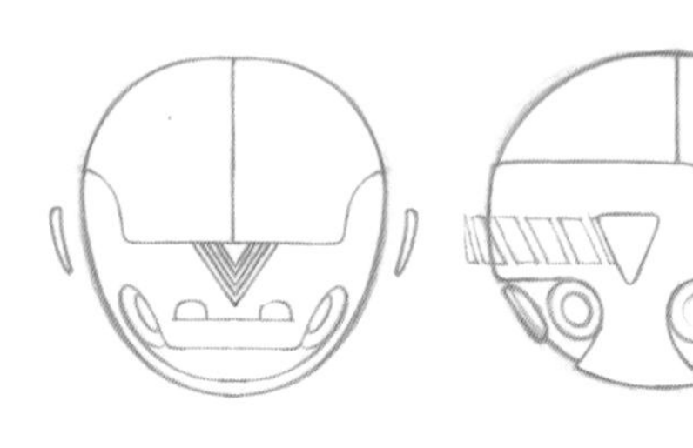

WANG WeiXiu (Logo design), **LI ChoHuan** (3D) | digital | 2014

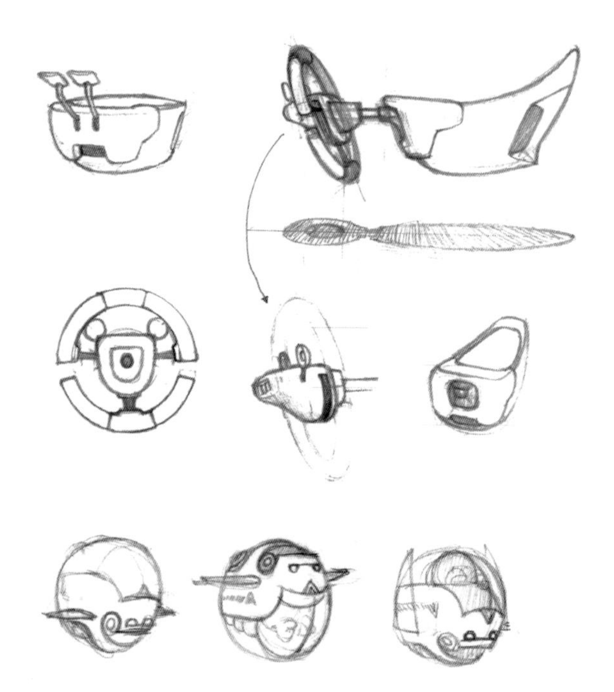

WANG WeiXiu | pencil | 2013

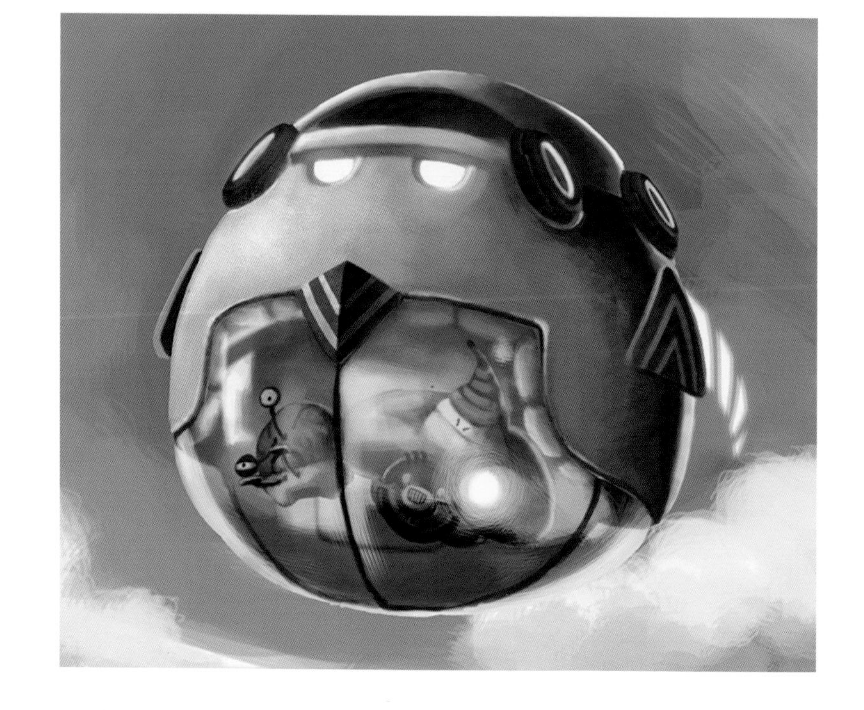

WANG WeiXiu | digital | 2013

SNAIL-DOG

蝸牛狗

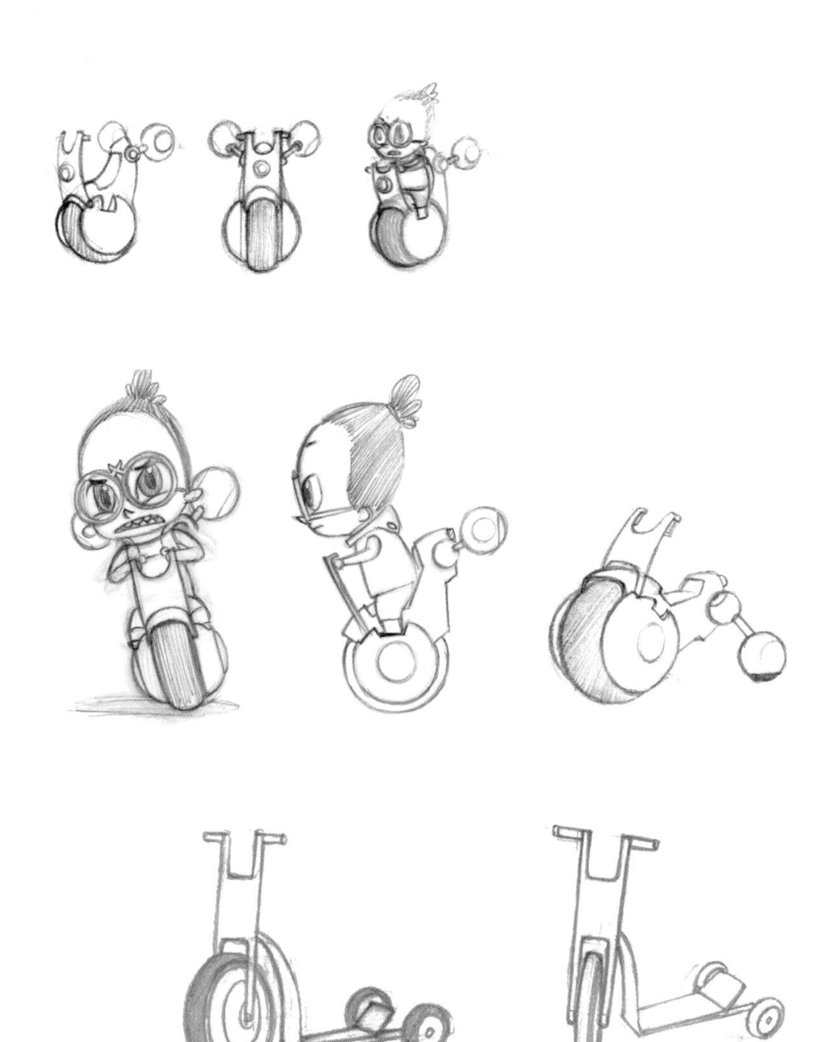

WANG WeiXiu | pencil | 2013

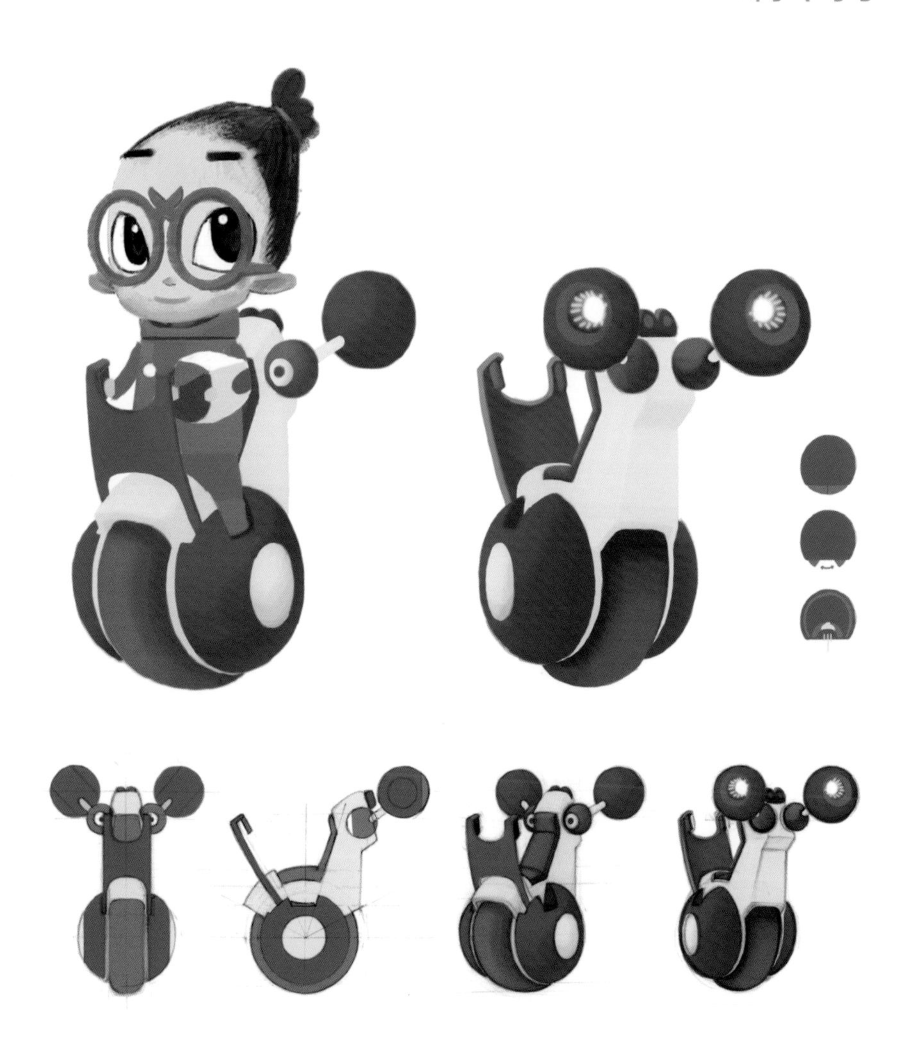

WANG WeiXiu | digital | 2013

TRANSPARKER

公園金剛

當我們討論到動作戲時就會聊著：「假使小剪刀跑到了菜市場，那她會發生什麼事，會有多少有趣的想像？」如果是在公園呢？又或著是危險的工地？結果大家一致認為只要讓小剪刀跑到公園，就一定會發生最好玩的事，因為公園裡那些遊樂設施就像是孩子們的秘密基地，沒有一個小孩不是在那兒流連忘返，玩到不想回家的，於是我們決定要讓小剪刀有一個很熟悉的公園，可能是離家最近，爸爸最常帶她去的那個公園，那是除了家以外，她也能夠感到安心的地方，而且我們相信只要她全心全意在裡頭玩耍，那一切都可以動起來，遊樂設施是機器人，也是太空船，他是公園金剛，他能載著小剪刀飛到太空裡最無拘無拘的地方。

CHEN KuanLin | digital | 2013

WANG WeiXiu | pencil | 2013

LI ChoHuan | digital | 2014

CHEN KuanLin | pencil | 2013

CHEN KuanLin | digital | 2013

SPACE DADDY

太空把鼻

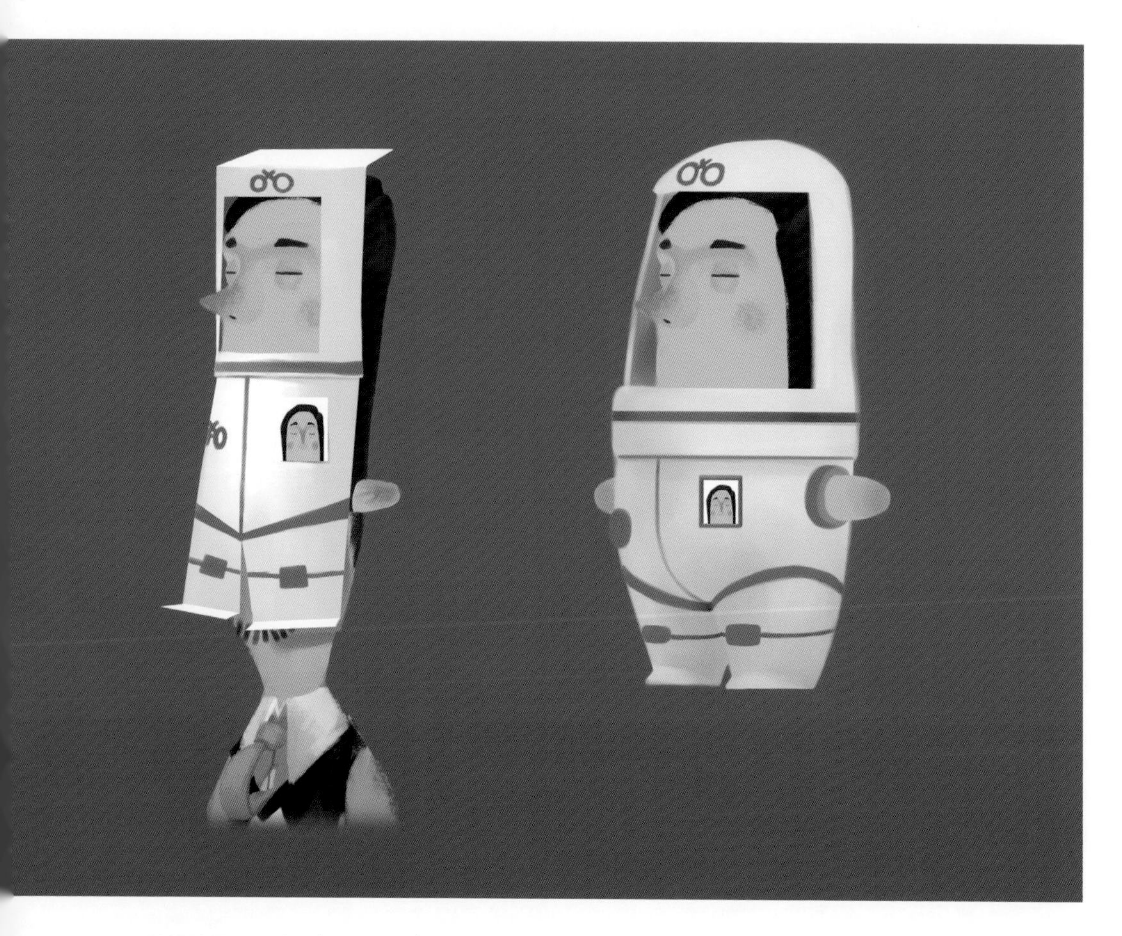

CHEN KuanLin | digital | 2014

WANG WeiXiu | digital | 2014

WANG WeiXiu | pencil | 2014

CHEN KuanLin | digital | 2014

看過《七點半的太空人》的觀眾可能會以為爸爸的長臉就是為了變身為「太空把鼻」的這一刻，其實正好相反呢，當我們深陷「爸爸要如何扭轉困境」的困境時，就像爸爸把頭擠進公園金剛的秘密基地進退兩難，究竟只剩一個頭還能做什麼？想想既然爸爸光是一顆頭就跟小剪刀一樣高，不如就讓他也是一個太空人吧！於是太空把鼻就此登場！

EARTH
地球

在《七點半的太空人》故事中，當小剪刀駕駛公園金剛飛出地球後，太空就是小剪刀最自由自在的空間，象徵的是一個小孩子的秘密基地，不像家、小巷、林蔭大道或公園，它不是在故事中真正存在的場景，而是小剪刀的想像以及故事的寓意所在，既然不是真的飛上太空，我們也就不需要採用真實宇宙的美術風格，我們可以讓星星是兒童的塗鴉，地球是美勞課的勞作，充滿童趣與幻想才是本片最重要的精神，所以當爸爸也加入小剪刀的想像世界時，地球也會變得熱鬧有趣，我們放上許多親子組合的動物們，正好呼應了《七點半的太空人》的親情主題，不過呢，其實我們還偷藏了一些代表團隊成員的東西進去喔！

LI ChoHuan | digital | 2014

LI ChoHuan (design, Modeling), CHEN KuanLin (texture) | digital | 2014

THE COLOR SCRIPT

色彩腳本

CHEN KuanLin | digital | 2014

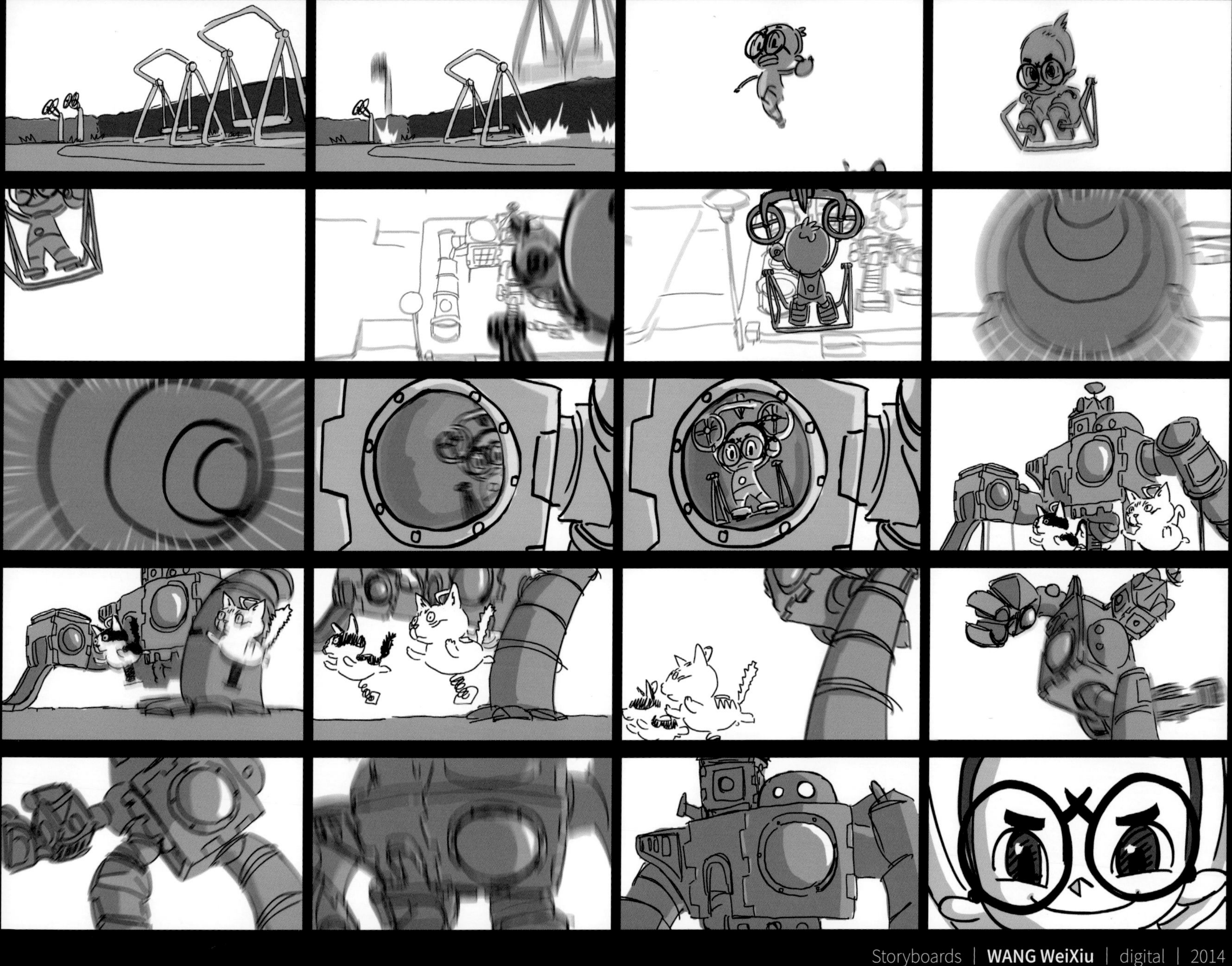

Storyboards | **WANG WeiXiu** | digital | 2014

POSTERS

WANG WeiXiu | digital | 2013

CHEN KuanLin(layout), WANG WeiXiu (design) | digital | 2013

馬 年 新 春 西 部 篇
HAPPY NEW YEAR
Daddy
"My Good Horse"
Little Scissor
"Clint Eastwood"
七點半的
太空人
FIRST LAUNCH
A FILM BY WANG WEI XIU CHEN KUAN LIN AND LI CHO HUAN "FIRST LAUNCH" BIGCAT STUDIO PRESENTS
LI CHO HUAN CHEN KUAN LIN CHEN KUAN LIN LI CHO HUAN WANG WEI XIU
大貓

七點半的
太空人
FIRST LAUNCH
BIGCAT
Daddy or Alien?
www.bigcatstudio.co
JULY 2014
first-launch.com

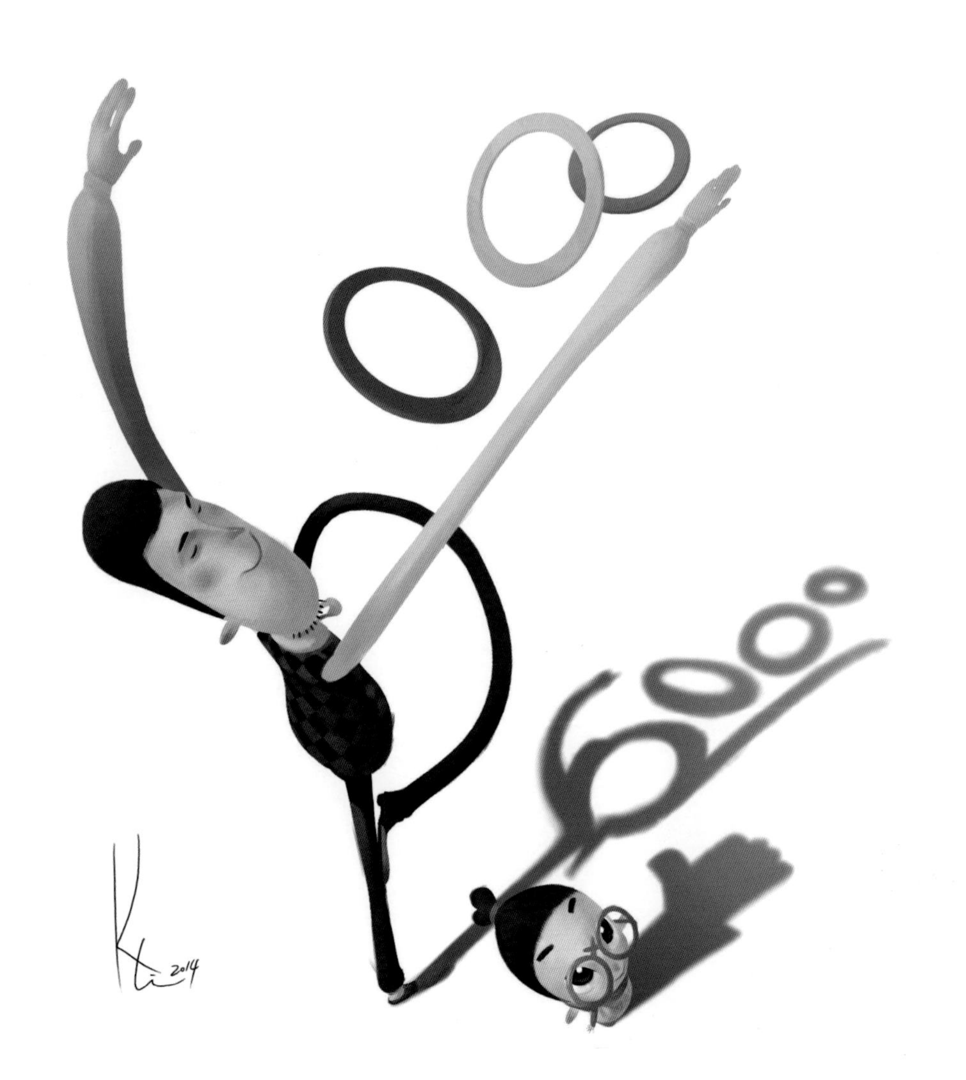

CHEN KuanLin | digital | 2014

小小、一步　一小步　小小走一步
沒紋身的女孩　一小步的冒險
天外星人　腳掌17公分
藍色星期一　一小步17厘米
今天不一樣　外星人的一大步
第四個夏天　大小孩，小大人
4y3m　4Y3M星人　4Y3M外星人
今天門口那個超強　天亮之後
壞蛋星球人　天亮之後不一樣
衰小女孩　小衰女孩　早上八點鐘的外星人
小宇宙女孩　宇宙小女孩
外星人的秘密　七點半的外星人
不一樣的外星人　小孩的真實
壞　陌生人，外星人
幼稚園
幼幼幼

WANG WeiXiu | ink | 2012

ACKNOWLEDGMENTS

致謝

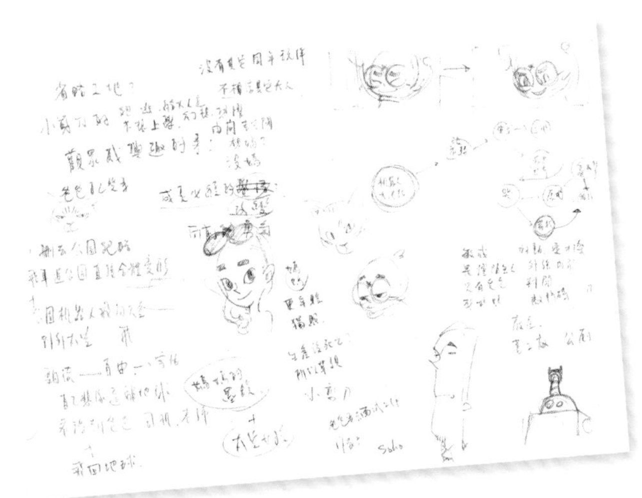

WANG WeiXiu | pencil | 2014

從《七點半的太空人》計劃誕生開始，我們一路從前製、製作、募資到製作完成，此時此刻能在本書最後向所有幫助過我們的人以及讀著您致謝，這真的要感謝好多好多人，首先要感謝文化部創業圓夢計劃及電影短片輔導金的補助，讓我們得以在草創時期能連過兩案得到第一筆製作資金，更感謝協助、指導我企劃書撰寫的吳敬軒。我們母校台灣藝術大學的鐘世凱老師、張維忠老師、何俊達老師及石昌杰老師，即使在我們離校多年的今日，仍然給予我們許多建議及鼓勵，也要感謝中國科技大學許允聖老師、張書維老師、曾靖越老師，作為我們的學長與同學，在大貓工作室最不濟的時刻，他們是我們的最佳支援。而當我們需要一個動畫官方網站時，由我們的朋友張閔傑 、陳威帆、洪偉瀚所組成的新創團隊——四合願 (Fourdesire) 義不容辭地挺身而出，呈現出令所有人都耳目一新的動畫網站，網路及後續群眾募資的人氣都在此刻奠定了基石，緊接著登場的是嘖嘖群眾募資網站創辦人徐震，當我們還不知道拿著網路累積出來的人氣要做什麼時，《七點半的太空人》投入群眾募資的計劃就在他的提議下催生，謝謝徐震及嘖嘖團隊為《七點半的太空人》的商品化跨出了一大步，而募資計劃上線後就更要感謝所有在嘖嘖網站上的支持者們，那短短兩個月內我們得到不只是資金還有更多信心及各種加油鼓勵的話語，一切都會讓大貓工作室動畫團隊銘記在心。

「如果說好萊塢的動畫公司是大聯盟，台灣的動畫公司是中華職棒，那我們可能只是在河堤邊的社區棒球隊，雖然規模小球迷少，但至少我們開始了自己的球賽，畢竟以我們目前的人力、技術與資金都不足以跨越到電影長片，但我們依然相信現階段能做的事還是充滿可能，只是需要更多的觀眾，希望大家能到場支持，這場比賽，我們會全力以赴。」在此引述這一段我自己曾在募資網站寫下的感謝，這一戰我們很努力也很僥倖地拿下首勝，未來的第二場、第三場，我們都會繼續努力下去，感謝各位。

——王尉修

CHEN KuanLin | digital | 2014